中国行吟诗人文库　第一辑

在路上

张国安　著

天津出版传媒集团
百花文艺出版社

图书在版编目（C I P）数据

在路上 / 张国安著 . -- 天津：百花文艺出版社，2023.8
（中国行吟诗人文库）
ISBN 978-7-5306-8559-4

Ⅰ . ①在… Ⅱ . ①张… Ⅲ . ①诗集 – 中国 – 当代 Ⅳ . ① I227

中国国家版本馆 CIP 数据核字 (2023) 第 094651 号

在路上
ZAI LUSHANG
张国安　著

出 版 人：薛印胜
责任编辑：张　雪
装帧设计：鸿儒文轩 · 末末美书
出版发行：百花文艺出版社
地址：天津市和平区西康路 35 号　　邮编：300051
电话传真：+86-22-23332651（发行部）
+86-22-23332656（总编室）
+86-22-23332478（邮购部）
网址：http://www.baihuawenyi.com
印刷：三河市华东印刷有限公司
开本：787 毫米×1092 毫米　1/32
字数：120 千字
印张：7.5
版次：2023 年 8 月第 1 版
印次：2023 年 8 月第 1 次印刷
定价：52.00 元

如有印装质量问题，请与三河市华东印刷有限公司联系调换
地址：三河市燕郊冶金路口南马起乏村西
电话：19931677990　邮编：065201

总序

行而吟，风光无限在远方

李立

书山有路勤为径。路有千万条，各有各的宽窄长短，各有各的平坦坎坷，各有各的气韵风范，各有各的荆棘繁花，各有各的痴情拥趸，各有各的天作归宿。

随着季节的更迭交替，路的心境也随之变幻，冬去春来，兴衰枯荣，岁月苍茫，梦呓不绝。

丰富多彩的因缘，成就了路的高深渊博。

诗歌的因子因此而腾空漫舞。

行，不一定是诗，却可分娩诗。能吟的诗，不仅是行吟诗。

风无处不在，只有流动了，才叫风。

大千世界，烟火人间，历久弥新的日月星辰，目之所及，诗意比比皆是，只有诗人将之挖掘、提炼、熔化、锻打、淬火、吟诵出来，才叫诗。

呐喊、呻吟、抽泣、嬉笑、追逐、情爱、春种秋收的生产活动，大自然的鬼斧神工、虫鸟舞蹈、电闪雷鸣，只要被诗人的灵感捕捉到，并赋予其灵动、灵气、灵性、灵魂，行吟诗歌便脱茧成蝶。

给心灵插上绚烂翅膀，使其欣然遥赴远方信约，在脚步无法到达的尽头蹁跹，万千姿态妖娆妩媚，抑或音色铿锵激昂，低吟浅唱间灿如星星闪烁的文字，光芒四射，照亮和温暖寂寥的长亭雨巷。

行是情怀，吟是才华。行吟是匠心独运、热忱赤诚，于天地万物之间采摘精华，雕琢成字字珠玑、睿智夺目的诗行。

只有站在高处的雪，如珠穆朗玛峰上的白色精灵，才能始终保持冰清玉洁、晶莹剔透。高处不胜寒，孤独和寂寞是雪的良师益友。

把雕琢文字视作生命的不懈追求，并为之挑灯夜战、奋斗不息、孜孜以求，方可书写出惊天地泣鬼神的旷世之作，这才是真诗人该有的崇高追求和态度。焚香沐浴，诚挚以待，善良和痛苦是诗人的笔与墨。

“语不惊人死不休”，这是诗人杜甫的态度，成就了草堂主人的苦难和幸运，亦是他传世不朽的千古谜底。血肉成灰，诗魂长存。

只有能抵达良知本真的人，才能抵达诗歌的远方。

水，无所不能。在汪洋大海可以汹涌澎湃，在大江大河可以欢歌，在水库湖泊可以妩媚多姿，即便是在高山峡谷处一个小小的坑洼里，内心也照样可以装下整个浩瀚的碧空。

行吟诗，确实神通广大。可以上天入地，可以博古通今，可以高亢激昂，可以喁喁私语，可以厉声痛斥，可以甜言蜜语，可以指点江山，可以吟诵烹饪，可以抽薹开花，可以枯萎凋零，可以披星戴月，可以苍茫辽阔，可以……

于不同的时间和地点，构筑起不一样的绚丽华章。

江山草木，流云走沙，天地腹语只要和诗人的灵魂结合在一起，行吟诗就有了生命。

戴着镣铐的脚步，套上枷锁的思想，所行所吟只会局限于方寸之间，犹如井底之蛙，无缘领略海阔天空的高远，了无风起云涌的境界，绝无行云流水的格局。欠缺鹰的高度、眸光、翅膀和雄心，满眼就只有麻雀的世界。

行而吟之，诗如其人，给岁月雕琢一副性格鲜明的背影。如本诗丛诗人刘起伦的沉博绝丽，田禾的匠心独具，蒋雪峰的独有千秋，罗鹿鸣的自成一家，汪抒的翻空出奇，向吉英的清新明丽，张国安的含蓄隽永，肖志远的婉约细腻，无不跃然纸上，过目难忘。

大自然是行吟诗歌的温床。行而吟，风光无限在远方。

2022年8月8日于深圳

目录 contents

第一辑　遇见一株净水植物

第二辑　每朵雪花都温暖

第三辑 我欠六月一首诗

第四辑　隔着河流看对岸

第五辑　席卷七月的味蕾

第一辑

遇见一株净水植物

在路上

一生都在走水路，漂流瓶，浮浮
沉沉，闷葫芦，三缄其口，为确保
一路安全，任人评说，一语成谶，开口
必被唾沫、鱼目混珠的人淹没，或陷进泥沼
不能自拔

漂流的，是瓶，不是我
尽管我守口如瓶，玻璃的外衣，纸的心
有字的忧伤，无字的等待

我，是过程，抛物线的
绘画者，即捡拾者，一个个瓶，捡起来
又扔掉，俯仰之间画弧线

反反复复的人，不等开口，就被淹没
在语言的河流中

2018.7.26

悬棺

悬念，接踵而至
需要多少年，才能平稳
安放一个人的肉身、灵柩、魂魄
超越，石壁的坚硬，凿洞成穴的时空
矮小的灌木丛长出柔软
而高贵的心，又需要攀登多高的庙宇
返回祖先的山顶洞

赤裸的脚、掌，一步步登天梯
多久，黝黑的脊背，掠过飞鸟
绝迹的翅膀，静穆的眼睛，穿透
谜一样的雾，生死两极
磁石的针心，恒定，乾坤

悬棺者，枕潮而息，头顶，星空明灭

可见。多少年，脚下奔流
生生不息

2018.7.26

往事

没上过战场，但是身上
每一块疤痕，还有体内看不见的
无疑是弹孔和刀口

堡垒里，住着子弹、刀锋
枪林。弹雨。刀光。剑影

丛林里求生，逃生
何止八十一难，千军万马
过独木桥，只是寻常

挖坑、下绊子、练铁头功
修补了这么多年的防御工事

才发现，活

在战场

2018.8.12

沙漏

春分流云，秋夕流萤
七月流火——
流逝的力量在继续

唯独没有流水，水已干涸
在枯竭的眼眶里
河床裸露，以沙子的面目存活

一滴、两滴、三滴……
当所有的泪流向心底
夜色被打翻，白昼在上，或是在下

颠覆的力量在延续
握不住，光阴的手指
细腻如流沙

指缝中漏出虚线

掩埋过往，一路向西

只留下，驼铃一串串

2018.8.19

走过长乐桥

上午的阳光替代风雨，摩挲
一座祈福长乐的桥

历史的独轮车碾过
旧时桥面，条石横卧默默舔舐伤口

杨柳枝拂过水面，细数当年
两岸酒肆繁华

杯子、盘子、碟子沉入河底
还有浮华的人心

丢失的木栏杆
早已被铁石取代

桥下小船犹在，已不是旧时相识

文圣殿前

弟子分列两厢
我从其中走出
没有子路子由的智慧
更应该倾听先哲的教诲

高大。在上。拒绝心灵的矮小
教化。悠远。泽被绵绵后世
鼓楼传响一座大山的宁静致远
晒霉日，远离菌斑
普照阳光

刀

麦子黄的时候
爷爷在院子里磨刀
黝黑的手指，额头
国字形脸庞
刻满风声和云彩斑，闲置后
刀，锈迹斑斑，青黑色的
条石，越磨越薄

起身，试一试刀锋
所到之处，闪电
黑压压的天空
被劈出一道、两道伤痕
不远处麦地里响起石磨
碾石磨的轰鸣

颗粒，归仓后

麦地空荡荡，无一人

爷爷也走了

只留下一把镰刀悬挂在天空

风雨来临之前，嘱托刀光

看一看，无法割舍的人间

天色向晚

整个白昼，月亮都在追赶
太阳，慌不择路
坠落山崖，惊飞黑压压
一群蝙蝠铺天盖地

山丘。羊群。停停走走
此起彼伏的，还有
头羊，教我发号施令
颤音里，黑蝙蝠的
翅膀越来越近

2018.9.20

高天流云心飞扬

羊群停停走走，在天空
大人们，也没有回来
自留地，棉花笑容朵朵

和妹妹在听半导体
没完没了，剥棉花的时光
几箩，几筐

《星星火炬》，节目开始
打开铃铛，放出禁锢思绪
埋藏冗长记忆

多年后，翻开尘封的草垛
羊群归来，云朵洁白
温暖而绵长

在星级酒店大堂

偶遇一只鹦鹉，扑棱
翅膀。不停撞击那些悬挂着
装饰时空的道具

同样是坠入时间迷宫
从伦敦、开罗、东京展翅到悉尼
而后盘旋，从巴黎、蒙古、纽约到莫斯科

频频碰壁后，一阵恍惚
发现，我和她
喘息在北京时间

2018.10.7

寒露

两颗露珠，也是一颗
玲珑心，一个落叶王朝远去
雁阵声声，天空越飞越远

山水图穷，刺客寒光一现
草木间写满省略号
影子晶莹透亮

母亲在织毛衣，另起头
分行的诗句里秋虫隐遁
江湖几多冷雨、霜荷和归客

2018.10.15

自画像

一盏灯，不是灯塔
没那么高大
火焰略高于额头
玻璃窗两扇遮挡尘埃，或是视线

总在寻找另一根灯芯
以火种自居点燃下一枚
朝阳，也曾是亿万富翁
也曾一贫如洗

油里油外，敞亮时分行度日
自诩，腹中吞吐日月
黯淡时，摇曳星辰
根须、触角纠缠不清

2018.10.18

怀秋

一个心底蕴藏秋的人
天空辽阔，漫山红枫沉醉
晕眩了溪水的眼眸

怀揣火石，碰撞
也是相逢
亲密度在递增

梦里梦外，没有南国
绿芭蕉。樱桃
和撒满衣襟的豆一样红

2018.9.4

远

两个人挨得很近，下棋
黑白分明的棋子
和眼神，闪烁不定

河界，将他们带到楚汉
落子的时间长于思考，就像
距离和深奥，不是同一个概念

自以为步步为营，可攻
可守。怎料早陷入生活
惊梦十八打

2018.9.6

小人物

村里二爷没念过医科
挖草药、捉麻叶子上的青虫
经典案例，剪山羊胡须和着灯油
治愈我嘴角的疮和他人的嘲笑

午后时光，常常被他一把大剪刀
剪成零碎，杀青、揉搓、烘烤
一饮而尽。话匣子打开
细水长流，活到九十二

去世后，头三天
我听到临时搭建的棚子里
哀乐阵阵，竟是他平时哼唱的小曲
潇洒走一回

其实我不想走

我还想再活五百年

2018.9.6

凌晨：在秋虫鸣声中醒来

凌晨。在秋虫鸣声中醒来
迷茫一片，感到
口干舌燥，多吃的结果
一段咸辣椒炒白藕
和腌制的南瓜丝
起身找水喝，触摸到杯子
水温正好
和我一样干渴的人留下的

舌头、喉咙在迷失
没有方向感，耳朵
灵敏度在缺失中得到补偿
不仅能听到有谁在摇晃火柴盒，还能
听出剩下少许干柴和火药
听到祖父用竹筛
筛黄豆的声音，火塘里

秋收后的稻草燃烧
不时蹦出几粒白脆的米花

翻来覆去，想再听一听
找到盐，或是甜
过量的情感，喝酒一样
让人云里雾里都找不到方向

2018.9.15

石榴红了

闪电之后，可以等来
雷声，之后大地喑哑却没有雨
说话的声音，祖父的、叔叔的

不是所有的花开，都必须等来结果
连续事件的中断，直到离开老屋

花开年年，果实的形状
停留在那一年，搬不走的
故园。石榴红了，最后一枚
甜蜜悬挂在枝头
属牛的我，反刍时尽是苦涩

2018.9.22

秋收

禁不住，秋风一再撩拨
松树山上，南瓜和我再也藏不住了
祖父一个一个把我们抱进箩筐

我亲眼看见他
挑一个最大的
和我做伴

路过村口，二爷
竖起大拇指：
好大的南瓜

祖父抬头，看看天

云淡风轻：

大的，还在山上呢

2018.9.23

又是花浓月正明

一张张牛皮纸
铺展开来，像极了外婆家的桌布
有风拂过，桂香金灿灿
飘飘悠悠，落在餐桌、心里

我在玩铜钱，天圆地方
笑声也辽阔，一枚钱币调皮
和着惊呼
滚落，再也找不见了

吃汤圆时，我一大口
就找到了惊呼
那一枚圆月，正热气腾腾
瞅着我

2018.9.23

还有多少月光可以用来重逢

母亲，在缝补月光
脑梗塞后，针脚和腿脚一样
失去从前的工整，一针，一线
日子，就像护士
拆了又缝，缝了又拆
…………
昼夜不舍

那一枚万世通宝悬挂头顶
在住院部
落泪的眼睛，桂花树
影子，一同婆娑起来
还有多少月光可以用来重逢

2018.9.25 夜　中医院

木棉花站在高岗上

站在高岗上深情，凝望的
还有木棉花，一个个走后
譬如朝露、晚霞

袈裟穿过风雨，经幡
花朵，不褪色的记忆
行色匆匆无视满地繁华

仰望木棉，先要仰望
脚下扎根的土地

2018.10.1

磨刀

磨刀的人，终究磨不过刀
手握着刀光，离去
别后，条石青黑色
寂寞，无声

石心，月圆
每一个没有刀磨的
夜晚，将轮轮满月
磨成弯刀把把

直到，磨穿心底
露出潜藏锋芒
那一把，月华如水
如练。如初

2018.10.8

萤火虫

在阴暗处行走，也要
自带温暖和微光

米粒大小，囊括今生
全部困厄，三长两短

参差，错落诗行
忽明，忽暗，摇摆不定的行程

拼尽半条命，也要挥舞
荧光棒，只为另外半条命

2018.10.10

风在吹

风在吹，人世间蒸发
吸热，山谷空旷

带去祖父、叔祖、我
逝者与生者的体温

风在吹，一样的无可、无奈
无何，虫鸣堵死在黄昏

凌晨。耳鸣，霜期之前
寒潮般席卷门扉

风在吹，青山衰老
流水止步，冰河纪漫漫

匆匆。踉踉

倒在，跄跄之外

2018.10.19

遇见一株净水植物

在秦淮源头
遇见一株净水植物

深山，藏不住隐士的
白胡须，溪水长满梵音

石上有佛光
同宗。同源

尘埃里，你我
看见另一个

本体，洁净
来自水中香蒲

2018.10.21

定时失误

这个想法，来自体内
弹片，并非一枚遗物

属于崭新，欢娱
往往，需要临时预支

截取一段区间
行间距里，齿轮如约

碾压，警报无法迭起
“误差，难以避免”，或者

慌不择路，一脚
两次踏进同一条河流

操作失误

昨天的，甚至明天

2018.10.22

窗外

向前和向后是同一条路
退也是进，车窗在人前

人在旅途，失散、失踪
安魂曲，笼罩四野

敞亮说话和墙根边附耳的人
好像白天和黑夜

取景框，采撷雨水阳光
小小站台，留不住过客

邮筒来不及寄出信件
食指唤不醒快门

我发现时，云朵拥挤

天空又少了一分辽阔

2018.10.27

霜降

花朵，并非都美丽
早晨，骤寒
拾荒者，满头霜花
桥墩下开满水泥锥形的花

敲门声，遇冷空气
而收缩防守，睁开猫眼
支棱猫耳
打量对门瓦上霜

茄子和菠菜，水灵
成为记忆
菜农和塑料大棚蔫头耷脑，霜花
落在伤口，即是盐花

2018.10.28

立冬

额头，雨水加持
近水、远山，你我的天空

形容清简，动词
渐行渐缓

凝望诗页，手指折痕处
那一弯彩虹

我知道，我的
冬天还没有降临

2018.11.8

晒龙袍

六月六，外婆在晒龙袍
小院纵横，悬挂一座迷宫
我，藏在光阴深处
等候脚步声，寻找谜底

小笤帚掸不去心田，太阳的香气
仰面向阳的人，闭着眼
罅隙里，我发现，藏在箱箧底部的
半旧。一袭旗袍，无风自扬

2018.11.12

第二辑

每朵雪花都温暖

片片枫叶情

手掌，脉络清晰镌刻
灯影。雨痕
风霜涂抹、篡改情感线
浮浮沉沉，辨识不出章法

枫林渡口缀满掌声
门扉怦然打开
阳光起伏，收复
另外半壁江山

2018.11.12

光与影

影子，光的尾巴
小小的，我，跟在祖父身后
田野、马铃薯的叶子，光芒无边

块根，隐藏在土层里
就像，祖父
与我在捉迷藏

就像，光与影子交替
我躲。你找
你躲。我找

只是，此刻他仍在躲藏

作为影子，我再也无法
找回光的尾巴

2018.11.13 早晨

苇风

都是江湖儿女
策马并肩时，你我都是少年
马踏疾风，一日看遍千山万水

回头，是岸，是堤
风霜里，恩怨不明，鞭子一样
抽打马匹和刀客

抬起，放下握刀的右手
左手化掌，包容拳头
一拱手，前途茫茫

再见，也是别离，

絮絮不止，难以辨识

是不是，还是那一句：后会有期

2018.11.14 上午

零点四十二分的雨

躺下，枕着手臂
一做思考状
上帝，就笑着抚琴

铮铮。铮铮
指针代替入睡的人，行走
雨水，脚步没有停歇

零点四十二分
常被忽略的时刻，就像地球疼痛无声
闭一只眼，睁一只眼

醒者，用情感的汤匙
搅拌午夜这杯黑咖啡
一圈，一圈，浓烈而晕眩

多年以后

随风逐云，消散在白云之外
像每一次航空旅行，俯瞰人间
落地时，没有行李箱
大地万物生，麦苗青青

山峦怀抱。有一孩子
拥有我熟悉的眼神
土地上，跌跌撞撞像我一样
牙牙学语

用木质铅笔，在田字格里
歪歪斜斜地写字
莫名，在凤凰花开的树下
抚摸刻有名字的那一株

流连。在六弦琴上

夕阳的影子里

弹奏《一个陌生女人的来信》

夜空下，擦亮眼睛……

银杏

袈裟流光，一树成佛
面孔金黄，稔熟而甘苦

风刀纯净，剃度青天空空的额头
情愫如毒素，一小瓶一小瓶高高悬挂

雪藏不住，青葱过往
登山泛舟。秋水，蔚蓝

你触摸的心跳，只是我
累累念珠中的一枚

2018.12.3

故事

用布包好马蹄，屏住呼吸
牵着情感的缰绳
蹑手蹑脚，走近矛盾冲突之地

发现故事是个动词，不费吹灰之力
将你的耳朵竖起来，用看不见的钩子
钩住你的心

最要命的，是没完没了的夜晚
有女子用一把木梳梳理视线
长发纠缠惴惴的心，星光、流萤
嘴巴和耳朵的距离就是待续

故事，其实是个时间词
听着听着，半辈子过去了

骑马，或是牵马

不知不觉，长成故事里的那个人

2018.12.3

一刹那

人群中，我认出你
就在一刹那，老朋友一样
握手。拥抱
问长。问短

忽然闭嘴，也是
一刹那
分开。头也不回
各奔前程

而更多的时候
这认错人的一刹那，常常
被套上时光的脚镣
缓慢而沉痛

2018.12.7

飞鸟和鱼

海水倒挂苍穹，绝世之恋还在
飞不出，蓝色的仰望

心海辽阔，悸动难以潜藏
风捎来星石、巫师和利刃

在一滴泪里遨游，忧伤裸露
眼神干涸，气泡，虚幻又温热

破音，响在天空的歌喉
鱼形的云，展开翅膀

在天。在水
爱域无疆

2018.12.11

等待

停电了，就在昨晚
一堆堆黑沙，陷入空谷
有人在堆积，越堆越高
视线被压扁，不见你，只有静止的
河流，欲生欲死的电流和密语
战栗而又期待

眼睛披上黑色的风衣
夜盲症在扩散
用沙砾包裹歌喉
巨大的眼眶中
流出泉水，证明呼吸尚在

2018.12.13

寻找

在寻找，昨天
我把她藏在一本书页里
那是我们共有的欢喜
轻柔酥软

听——
她又出现了，黑色包裹，那么远
那么近，仿佛
所有的甜蜜，都那么长
那么短

2018.12.15

两棵树

长在临街的两棵树
遥遥相望，一棵瘦弱，谦让的叶子静默
一棵贪婪，伸长脖子
抢占阳光雨水

啄木鸟敲打蛀虫，也敲打树干，病历说明
不能成为遮风挡雨的理由

哪里知道，他们的根深深
拥抱缠绕在泥土里

邀饮一杯雪

大地作炉，天穹为盖
白色的火焰在燃烧

那个夜奔者还没来
枪挑酒葫芦，斗笠遮头，长缨在手吗

肝胆相照约定老去
清风拂过山岗，照不见猛虎

醉八仙，常常在酩酊时分施展
闪展腾挪，哪受控制

火焰越烧越旺，照亮一张刺字的脸庞
心中酒已温

2018.12.18

在陌生的地方

无数张脸庞，有你
相似的陌生
昨日沦陷，天空露出灰蒙蒙
车窗玻璃雾气迷离，谜一样

掩饰时间，出发
即下雨，谁关心
寂寞旅途，一个人
泪流满面

2018.12.19

风中

青山为脊，大地的册页
阳光在装订错误，雨水缝补

线装书一页页翻阅
第一页洁白，还历历在目

葱绿金黄一闪而逝
来不及翻阅的，就是好多人和事

五谷、疼痛，缠在一起
最后。几页，诸如牙齿、头发早已脱落

2018.12.27

云朵

祖父在大地深处
地下水生生不息，他的羊群
在天上放牧
就像我们一会儿白脸，一会儿黑脸
停停。走走

基因强大，太阳出来时
都会笑
都有一双迎风流泪的眼睛

2018.12.27

元旦

一场薄雪，为岁末清零
大地，暂时偃旗息鼓
起伏的思绪再次平坦

推开门，重新出发
路上已有鸟雀觅食
脚印，鸣声轻轻浅浅

我是不会飞的那一只
甩开膀子刨食
腋下，也有生风的感觉

2018.12.31

未走完的路

木质铅笔在白纸上，歪歪扭扭
走着，夭折处很多事物的影子在晃动
脚印、车辙还有风中的断响
波澜起伏，属于树木看不清的年轮

蓬草无踪，一条路从子宫盘旋而来
枝枝、蔓蔓。岔道，就意味着分道扬镳
牵肠挂肚的，还在延伸，眼前的路
回望，不再洁白的纸上，折痕无数条

2019.1.1

记忆

沿着沟沟壑壑，闭着眼睛往回走
每一个路口，都在变换迷宫的造型

向上，只能追溯，一败再败，败在河流的下游
眼光探出触角、触须，黑洞发出回声

空荡的来时路，一下子拥挤起来
还原、复活魔术搬上黑白胶片

配音演员，也许还在
重复剧本中的场景和话语，都是以前写好的

2019.1.2

从这里出发

双脚这架圆规，在大地上画一个圈
终点，成为起点

果实，也是种子
采撷那一声喝彩，目光飘向远方

月圆。月缺
太阳在心，我自转一个个周天

出发，洁白的纸上
雪花又纷纷扬扬

2019.1.9

新

手捧光线，一只蝴蝶栖息在手指上
缤纷而翕动

颤抖的琴弦爬升一度
歌喉走出低回与婉转的路径

碧螺春的柔软山水间，浮沉
红日，一饮而尽

擦拭锈色的嘴唇，眼神清亮
舌尖。绿云涌来

2019.1.10

回首

通往村庄的路
被一朵朵云翳遮挡

模模糊糊，上一个路口
只听见熟悉的呼唤

阳光出来，旧事物都镶上金边
在浮世。久违的面孔随风飘浮

我，站在逆光里
守候村口的人，看不见

2019.1.13

大寒

得知这个消息，他的嘴唇
还冒着热气

心里的一滴水，成冰
坚硬。柔软形容的却是同一种事物

有花雕刻，在窗前簌簌落下
短暂，是水中鱼晶莹的一瞥

冬的眼神，游来游去
凛冽。那一尾鱼和他活在冰点以下

2019.1.16

酒和水

退隐江湖，世仇住在同一屋檐下
穿同样的外衣，拥有不一样的身体

男人刚猛呛人，女人窖香绵软
平静如水的日子，难以认清

斟酌之间，世间路越饮越陡峭
三巡走上华容道

不论你是曹操还是关羽，一律打回原形
杏花白，高粱红

角色呈现在脸谱上，如此简单
东风随锣鼓声，一阵紧一阵

摊开握紧的左手，汗水
涔涔里分明写着那个火字

2019.1.16

妖精

认识之前，不只有陌生
还有惊恐和透过指缝的黑眼睛

还是，来到我的身边
变化七十二般。一直在颠覆
刺激，体验没有祸国
美甲掐不灭萌发的火苗
彩瞳缤纷，两个人的国度里心甘
情愿做一个颗粒无收的小民
水患去，旱灾来

离开后，一切可以回到从前
只有对这个词的感觉
噙着泪，再也回不去了

2019.1.17

腊月

妹妹是口里衔着腊梅花出生的
我们的棉衣领口、袖口都浸染馨香，暖阳
金灿灿，祖屋门前的池塘开口便笑

听到笑声，慢悠悠的老皇历开始奔走
土灶坐镇一方，鸡毛掸子绑上长竹竿，胆子大起来
石磨研磨金黄，收获
莹莹月光
糯米团子蒸腾出梅花、寿桃

谁让她选择这时候来我们家呢
小脚曾祖母操着吴方言叫她
——腊月
我们闻到了那个年月久违的肉香

2019.1.17

枯坐

人多时，面对沉默坐下
咀嚼昨天的果子，此刻
被明亮一晃
视线出走，一条未走完的
山路，有人细声说话
葱茏的林子，多了一株枯萎的栗子树

2019.1.19

握手

昨夜写下的文字，嶙峋
灰暗。还没有擦去，岩浆
喷涌
从大海深处，孤峰
拔地而起

剥离人群，一个人的岛屿
知道这握手的仪式——
炽热和深寒骤然相聚
没有心的珊瑚找到了熟悉的气息

2019.1.19

那些不会飞翔的事物

借助于楼台，蝼蚁们
站在白云间

有雁阵风中掠过
寒潮来袭，知道做好南渡的准备

这倚着楼而搭起的脚手架，应该说
这倚着脚手架搭起的上层建筑，还有上面

走来走去的人，还在为生计添砖加瓦
摇摇晃晃，恍惚就是雁阵

有汗和血流淌
吊机、砂浆、安全帽

踮起脚尖，我仰望

那些不会飞翔的事物

2019.1.29

每朵雪花都温暖

一朵雪花追逐一朵雪花
一道目光凝视一道目光
赛道在延伸，青春在沸腾
汗水涌动、沸腾、蒸发
热气腾腾，古铜色深沉冷却
凝华成小冰晶和斗志
收割季节选择在冬季
是锻造，也是铸成
铁剑淬火而生
梦想御风而行
白色绷带簇拥受伤的手臂
就像勋章簇拥勇士
在冬奥会的五环之上
蓝色的天幕拉开
一道道黄色闪电破空飞翔

第三辑

我欠六月一首诗

掸尘

一尘。不染。真难
在这个蒙尘的星球，我们

这些颗粒在光线里凌空高舞
先人的牌位，虚无而真实

天花板上开满陈旧的花朵
效仿每天晨起的仪式

擦拭，心灵的窗户
用眼角奔涌的活水洗涤垢面

不远。不近，距离
游走，在颗粒与颗粒之间

2019.2.2

另一种云

温暖、白的事物
在浮世飘荡，一朵、两朵
和雨水相依，积雨云一样奔走
眼睛里，河床裸露
远山，近树。雾霭沉沉
干裂的是嘴唇
带刺的词语读作，玫瑰
捉摸不透，才叫云

2019.2.3

海棠已打骨朵儿

藏于凛冽的枝干，深深。浅浅
风、霜里，繁华流失于寂静

淡忘的药丸，包裹在蓓蕾中
外甜内苦，一些记忆萌发嫩芽

大地面孔恢复血色，涂抹唇齿
木窗，推开怀旧的人

流失的力量在返回身体，途中
山脉纵横，远天辽阔

2019.2.5

别无他法

唯有面对熟悉才健谈，周到
这条定律也与其他层面，严丝合缝

让熟悉彻底走出路径，除非
疯长粉红草，淹没走过的痕迹

请来拆迁队，拆除多余的房间、日子
守在荒废的时光垛口

路过车马，不驻足，无视牌号
作为时间的盗贼，心

任凭万箭齐发
别无他法

2019.2.7

还原

需要的工具：橡皮擦、修正液
创可贴，松开的手

擦拭是个矫枉过正的办法，决绝
修正。留下凝固的血痕

体贴久了，也不行。习惯苍白
攥得紧，易变形

不只在说错误，伤口
还适用于其他柔软的事物

2019.2.9

原路返回

还没有抵达，就已踏上归途
这个选择。与来时是同一条路

只不过，用背影温暖背影
借暮暮，归还朝朝

鸟儿依然在啄食自己的鸣叫
那些说过的吴侬软语，折返时

长成秕谷、鲠，在喉
如一只敛翅的摇头翁

看见祖父，挑担稻谷
走在虚构的田埂上

可以果腹，却无法喂养

日渐喑哑的歌喉

2019.2.9

提前抵达

为了去拉萨
提前一个月，用沸水泡藏红花
饮用。晨昏各一次

提前，扩胸运动
坚持以鸽子肺练习
深呼吸

提前仰望西部
面对深邃的星空
摘下帽子、眼镜和伪装

见到乞讨者、求援者不再逃离

你已经。提前抵达

雪山和寺庙

2019.2.10

绳索

看到村口树下的老牛
忍不住打喷嚏

出走多年，为的就是寻找牵引我的事物
在名利间越挣扎，越紧迫

回到童年的村口，恍然
自我释放的方式

离开时，我的鼻子一阵吃紧
原来，我也有牛鼻栓

2019.1.31

唯有星光，懂我漆黑的眼睛

我喜欢黑夜，喜欢远离白月光的静谧
村庄。笼罩一层神秘
腐草中萤火虫怀念微弱的虔诚

我迷恋黑夜，迷恋和大人们扛着板凳
徒步。赶一场露天电影
到达时，主人公已是中年

我像热爱光明一样，爱着黑夜
爱着昨天太阳的死亡和今天的葬礼
唯有星光，懂我漆黑的眼睛

2019.2.12

在脑科医院

透过昼夜不眠的窗口，测量
眼角、嘴角或上扬，或倾斜的
人间。轮椅缓缓在原地打转，行走的廊道漫长
床位卧在病中不安

母亲说，枕下藏着一百只知了
将季节长时间遗留在盛夏
左脑，疼痛的鸣叫来自喧嚣
耳朵成为摆设，捂上亦是徒劳

“赶在遗忘之前，去见见
梦中遇见的人”
在住院处，大脑聚会的海洋里
莫名。闪烁点点微光

2019.2.15

素心元宵

雨水日，遇见正月十五
宜煮元宵，一盏盏
灯笼。在尘世里
起伏，极像锅里煮熟的元宵

宜撑把伞，可别想遇见谁
油腻的日子，胖子自然挤不成瘦子
不听医嘱，忌荤腥、喝酒、熬夜
惩罚：不让大声说话

戒肉身，荠菜馅，粘糯的米香
一段刻在梅枝上的幽思
清咽利嗓，借远方一盏素心灯笼
遮住心头飘摇的烛火

2019.2.18

筷子

轻轻就夹住了那一缕人间烟火
君子直观演示善假于物的日常
手指暴长，指节外又长出竹节
洗洗涮涮、排列重组，同甘。共苦

一餐。一饭，两不分离
兄弟姊妹外表多么相似
竹心、木心、银质的心……
尽在以食为天的民心

2019.2.18

雨水

信笺渐渐远去，尚寒的
春天，银质饰物多起来
耳坠低垂，眼神忽闪
白鸽，在梳理羽毛

卧在正月岸边，船只
拔起情感的锚，扬帆
人海。茫茫……速度
取决于破冰的趋势

众生，四处张望
万物生的号令，即将
从云层里响起
原本静止的事物，缓缓启动

2019.2.20

我眼中的春天

说起这个温暖的符号。通常
浓墨重彩，在破折号之后
“走过凛冽”领先发言的声音
其实，并不响亮

接着一字一顿，罗列
山川、大地、村庄
衣食。冷暖……雨露计划
书的芬芳，不应用句号

握着铅笔感叹，好奇
自然，是巨大的问号
面对抚摸贫困的车队、人群
模仿村口的迎春花，在风中眨眼

2019.2.25

咳嗽

嗓子喑哑，夜里遇见熟人就咳嗽
因为与一个人多次握手

再见，也是离别
白天不咳，却感觉不是真实的我

说话。竟然盗用别人的声音
反义词，也不断来找我

控制不了。我若安好的天气
细声说话

最讨厌——公鸭嗓子
还要忍住心里的痒

2019.2.21

我的身体里住着哑巴兄弟

撕裂的时刻，他才从我的
咽喉要道，闪出

用和我一样并不高大的身躯
挡在我的身前

为我遮住凛冽的风，深寒的
目光。面对无语的尘世

为我申诉、辩护……
声嘶。力竭

我多么想拥抱他
微凉的身躯

可是每当他出现

我就再也找不到自己

2019.2.26

春光里

雨水的指缝间，漏出来的光线
属于间歇性，多数时候还是隐晦

像母亲断断续续的思路
出院后，在阳台上侍弄文竹

手掌就触摸到这样难得的光线
竹，文文静静；舌头，远离滑碟的状态

不再反复梦呓同样的过往，我也安稳
听一曲《春光美》

2019.3.3

又到惊蛰

来自宋朝的审判还在继续
青天，脸庞黑沉沉
高处。悬明镜，也悬铡刀
明晃晃一闪
蛇虫鼠蚁，一个个草民战栗不安

暗处有衙役手持水火大棍，“威武……”
一声还未出口
惊堂木滚滚而来
在忠诚和奸诈之间游走

雨水，是一场又一场救赎
这洗净垢面的道具和台词
还没有来得及放下，生活的
杀威棒又高高举起

2019.3.6

纸鸢的心

隔着一线希望，看见
巅峰下面，就是悬崖
有嫣红就有惨绿
纸一样的尘世。色彩
无疑是三月涂抹的

鸟瞰。被同一种声音
成就和粉碎
就像风，自己剪断自己的翅膀
我听见人群中有鹅黄色的
惊呼，断线，还握在追逐春色的人手中

2019.3.10

春日，在天井

步入进士第，在天空的标本下采样
横切面，仍保留逝去朝代的明月，清风
拂面的人，蛙一样眨眼
闭眼，都是高高在上的星辰

雄性的鸣叫还没有传来
只有雨水，滴落
方言的回声——徽派建筑
空荡荡的整体搬迁史

脱去包裹羸弱的冬装
甩掉一条卑微的尾巴，直立
走出去，还是一只蛙
只不过换了更大的井等着

2019.3.10

我是一棵树

2800 年后，如约守在山凹村口
缺少你的时光，折磨我成古乌木兄弟的模样

揉揉发黑的眼睛，风沙渡口
脚上沾满淤泥的人熙熙

攘攘，终于发现怀揣铁石的你轻快走来
张大嘴巴，想道出我们的木石盟约

舌头早已僵硬，手臂不知去向
只能阴沉着脸，没有说话和拥抱

2019.3.10

宿醉后，佳酿还在

三月，毛手毛脚
打翻春山的酒庄
红的。白的。一杯
比一杯度数高

正月。二月。一场场
佳酿，拦住未醒的行人
比谁来得早
悄悄话还没递到耳边

宿醉后，佳酿还在
梅林中春阳与她的秘密
让人满脸酡红

2019.3.11

铁轨

总是比晚点的列车，提前抵达
白天，想着远离拥挤，登上天空

废铜。烂铁，体内堆积多年
挤压过来，铸造一架长长的梯子

与白云攀谈甚欢
夜里，躺下，翻来

覆去。书写那个简单的汉字
“工工工”……匆忙的脚步，等不到扳道工

无法减速，擦出火花
也是徒劳的一种

2019.3.14

回声

用自己的方式对抗
虚无，是你耳朵里长出来的
苍茫，触摸、反击
冗长的生活

触摸到自己的心跳
才知道，我的存在
河流空荡荡，无渡口
不悔鸟的嘴里，射出石头和火焰

虔诚，耳朵在捕捉
眼睛望穿后，唯一的通道
伸向无法预测的人间
涟漪。又大一圈，无限接近我的现在

2019.3.14

我欠六月一首诗

知道，是要还的
蝉鸣似骄阳，燥热
还耳朵以绿荫，瘦弱如你
递来果腹的饭票和微笑

六月的白云，欠条般
偿还日期空白一片
就像亲手捧出的朝阳，傍晚
归还红色气球

六月的天空，不如空着
空着，天空的仰望
明晃晃。睁不开眼
心里不敢糊涂

欠着，就让它欠着

此生为了果腹、爱

和欲望的种子……

欠下的债还少吗

2019.6.11

春分

分别后
白昼，越来越长
南半球的你，却说，没有牵绊
夜晚，有数不尽的星星和绵羊

躺在软绵的季节，大片的棉花
还在梦中

野炊

肉身空投到原野上，降落伞
成为帐篷。流动的水，流动的家

捡拾旧年堆积的枯落，松针
点燃倒春寒，尖锐而细长

长满碎花的地毯，也是餐桌
油腻的中年，在火上

铁锅中漂浮、沸腾
翻滚。久违的炊烟像极了故乡的草绳

绊住眼神，阳光拂过栖息的桥和车
行李箱，不着急打开

一身僵硬的皮囊，慢慢舒展

头枕大地，视线辽阔起来

远水。近树
几只不知名的鸟雀，停停走走

2019.3.24

剪纸

踮起脚尖，施展缩地成寸的功夫
尘世在刀锋中，游走

剪刀手，歌喉放开，牡丹依旧富贵
高僧合手，一只敛翅的凤凰落下

掩上门扉，心灵的
图谱，自然需要摩斯密码

细微处指甲、指肚配合，复活
一个尖锐而沉闷的人间

2019.3.25

白日梦

阳光路过午后两点，慵懒的
梨花，如瓷瓶泛着白光

撤退后，沙滩携带凌乱的贝壳
静谧立在窗外看潮汐远去

“就像用这个词表达”
——欲展翅给你一个回答

风，虚晃一下，影子
蜜桃摇曳起来

输入键，无法敲击手指
思绪。伏案久了充血而酸麻

2019.3.25 午后

油菜花

风知道
酿蜜者不只有蜜蜂

金身，在田野里塑造
沿袭，祖父在世，正午劳作忘归的习俗

乡村空旷，诸神使者封存蜜色陶罐
护佑老人和孩子

夜晚。重新回到天上
继续散发不朽光芒

2019.3.28

第四辑

隔着河流看对岸

戏里戏外

常常是旱路行舟，将一路的坚硬和泥泞
摇晃成众生眼里的粼粼波光

明明前方路断，马亡，鞭子掌握在自己手中
照旧，打马过山岗

幕布低垂，小憩后台，没有出发的心
催人的锣鼓响起，戴上面具也得上场

就算踮起脚尖行走
脚下，依然没有退路

2019.3.29

溯源的鱼

在时光的下游，迎着流淌的
溪水。张开网

总能，捕捉到想法
和溯流而上的鱼

回到出发的地方
无疑是致命的

没有人会在原地等你
等待你的，只有一张更大的网

2019.4.1

旗袍

浮云散去，留声机里还留存着
明月。照见旧画报封面

款步，鱼尾摆动，分明从水路游来
领口掩饰不住天鹅引吭

油纸伞撑出半边阴丹士林的天空
檀香扇幽幽，柔软与挺括并存

此生，镶嵌孤傲的边框
看不见暗藏的针脚、伤痕

在袖珍博物馆，九十九箱太多
只取一袭爬满花纹的流年

2019.4.8

樱花树下

脱下包裹冬天的厚重和沉闷
穿立领的中山装，立在树下

白色，单纯一度误认作梨花
你和阳光同步

晃得睁不开眼
快门，无数次捕捉手指

相册里寻觅不到清风
凝望过去，总在眯着眼睛的时刻

2019.4.9

蝴蝶

此生一直在重复前人的故事
花朵的姿态，绚烂的，落寞的

鳞粉，沾满往昔的碎片
起起。落落

怕遗忘的潮水掀起飓风，默默将
来时路镌刻在身上

在对称的世界里，等待
另一个自己出现

2019.4.10

忍着

在凌晨两点醒来，天还没亮
忍着
接连一个礼拜，八哥都在泥泞中祷告
在悬挂的旧居上修缮
飞回的只是相似的
我固执地把它当作去年那一只

郁金香

踮起脚，频频举杯
高脚杯盛满现实的美酒

白色的斟着白葡萄酒
红色的装着红葡萄酒

相对的空间里，自然
也并非如此简单

潜伏太久，每一个卧底
脸谱也有涂抹出错的时候

欢呼的人群里没有我的面孔
我的糖罐里就存放着白花花的盐

梨花又白

满树，满枝，蝴蝶在叹息
“那么多话语，成为沉默的理由”

“飞蛾，只相信火光”
你素衣白马，胜过虚拟

隐忧众人说。纷纭
结果，还是在簌簌中深藏

无言，唇齿找不到
词典。冰凉的手指，翻阅过一阵阵春风

擦拭蓝色水晶球的人

一遍又一遍，将漆黑的夜色
擦拭，直到东方出现鱼肚白

用灵魂的触角抚摸大地、桥梁
将乌云掀下来，在清澈的河水里洗涤

一朵朵棉花回到田野和天空
古朴的仪式，离不开圣物

澄澈，写满所有的眼睛
却时常忽略怀揣的蓝色水晶球

2019.4.16

同名同姓的人

“我有九条命”，真命题
真实得令我惊讶
忘记旧花盆里冒出一株蒲公英
不再思慕屋檐下又飞回来一只野八哥

在与我平行的空间
有忍者，替我生老病死
有仁者，替我行医问诊
真好，为我了结未完成的夙愿

走上捷径的人
却没有因此，活出不一样的我

2019.4.15

缺席

感谢每一位，为我
提供不在场的证据

“残缺，也是一种圆满”
月亮，直勾勾盯着人间
隐藏云层背后的
答案，总是令人期待

百年后，还要感谢替我
活着的人，继续
为我，提供不在场的证据
继续为我，肩挑日月
头顶耿耿的星河

2019.4.16

逆风

岩石一样，行走的粗胚
迎面遇上砂轮，旋转
磨砺。尖锐的犄角
与心里一头看不见的牛，顶在一起

“角力者，没有退路”
平坦的路，顶成崎岖
下坡，顶成上坡
浑圆的脑袋，褶皱的额头

页岩脱去层层虚幻
归还世界一个倾斜的背影

2019.4.17

望远镜

年轻时，很羡慕，我的巡线工兄弟
胸前悬挂着望远镜，像个指挥官

放大自己的小眼睛，还原
视域沿虚线剪切的部分

探出看不见的手指
抚摸万里江山

多年后，我举起望远镜，转身
回望的一刻

才发现，他原来是在
检阅一路上所犯过的错误

2019.4.22

文笔

表达，也是一次抵达
假于物的事物，于是蒙上象征派的色彩

接过先贤，握在手里的芦苇秆
柔软处吐出锋刃，纸上的暴动

导火索来自一次偶遇
一行行长途奔袭

呐喊无声，与虚无反复厮杀
檄文，诞生在心灵讨伐之后

刺满文身，在黑白世界里穿行

2019.5.1

剪纸

煤油灯，将母亲的影子剪下来
小心翼翼，贴在墙上
就有了木窗

镂空的木纹图案，一翕。一张
老式挂钟，慢悠悠数着院里架上葡萄的眼睛

一个个，还没有成熟
我在追风中的红蜻蜓，妹妹
在身后追我的影子

阳光那么炙热，剪纸的手
沾满汗水

2019.5.2

涨潮

此行的目的非常明显
向我站立的堤坝冲击
在小洋口风车无法辨识时间
时针、分针和秒针拥有同样的步伐

海上吹来的风，原地兀自旋转
内心的马匹又开始奔腾
牛车赶海，走在前面的人
总把背影，投放在泥泞中

明月浮沉再次擦拭人间
抹去昨天歪歪斜斜的字迹
把深藏心底的石头，悄悄
送上频频回首的堤岸

2019.5.3

在海印寺听海

前方是圣地
身后，是充满吸引力的人间

杵在佛门，哼哈二将拒，还是迎
香火繁衍，看得见此岸

喧嚣之上看不见大海
撤退的人潮翻涌

太阳落在海港，我
在海印寺听她的声音

2019.5.3

定身术

找到属于自己的位置
不是件容易的事

年高，德劭者居首
比我先抵达的人，攫取临窗的阳光

和风景，劳心者占据中心
闲置下来，时间也会锈损

感觉到腰腿酸麻，这不是理由
“最辛苦的人，是本身”

旁观的人无法体察，疼痛
在一张照片里，我看到将坐未坐的

我。曾被长期摁在一把椅子上

下不去，也上不来

2019.5.5

初夏的风

为了迎接你，顺路看看大海
所有的浪花向我扑面而来

阳光下，春天的背影
渐行渐远，我们选择在下一个入海口相遇

看不见，不代表无视存在
真实，就像星空深处暗淡的光

潮湿的右手握住微凉
尘埃里，我们渺小而相依

2019.5.7

隔着河流看对岸

接过递来的空水罐
和父亲的催促，记不清多少次俯身舀水
夜幕的包裹里，渗透出点点星光
水罐，逃不脱碰撞和宿命

破裂，不可避免
有过，功无法相抵
舔舐干裂的嘴唇，少年
第一次品尝到岸上庄稼的遗憾和沮丧

2019.5.7

余生

到此下马，不想再逃亡
扯去蒙面的黑巾
鹰隼的眼睛里露出仁慈

盐霜，愈发难以填补空洞的味觉
日子平淡，像朝阳，得到又失去
在一个人的藏经阁前

洒水、扫地，拒绝喝酒、吃肉……
擦拭长枪上的斑斑锈迹
瞳孔里，放大走过的每一步

旧疾。周身关节在阴雨天气隐隐作痛
远处马蹄声声，夕阳青冢
不知掩埋着谁人衣冠

披星。戴月
世仇不离、不弃，悬挂弯刀
拍马赶来……

2019.5.17

黄昏的地平线

目之所及，人和事物影子般
为这个迷人的世间所倾倒

橘黄的光影里，一切变得祥和
静穆。视野之外

路灯静立，恍如白日梦中
惺忪的路和清醒的路，一同匍匐大地

风中，转经筒不停歇
来来往往的人满怀虔诚

2019.5.17

小城，端阳高照

高架桥将地下铁举起
摩天大楼将贴近尘埃的心举起
在距离一线城市 59 公里处
我们，转弯驶进快车道

吞噬阴影的隧道不断后退
秦淮河上游，一座小城
音乐喷泉中醒来，朝阳就像
今天正在洗礼的硕果，格外红艳

匆匆，踏上朝圣的珍珠南路
艾草的气息弥漫。每个人的
心里都端坐一轮太阳
南风浩荡，祈福的钟声此起彼伏

1067 平方公里的土地，小城

崛起，心灵的版图辽阔

低头看见簇新的莲花跃出水面

端阳高照，我们继续仰望

2019.5.23

睡莲

醒来时，水面有风
岸上衣袂翩翩，天空有浮华的云

“这里也有一朵”，欢喜掠过中音
我看见你，就像你看见我

偌大的莲池，此刻
躺着两朵睡莲

白的，无语
红的，低头

2019.5.26

列车

记忆轰鸣，成箱。成列
站台呼啸而来，人群模糊

朝着一个方向奔跑，同样的
愿不愿意，总是来不及表白

行囊，不断摆脱送行的人
双眼。浪花裹挟汹涌的浮云

深邃的夜色，吞没一节节疲惫
无法选择，小火车怀揣一声长鸣

2019.5.30

观鱼

世间苍茫，你我都逃不脱
浮浮。沉沉。“大鱼吃小鱼”
“小鱼吃虾米”，我也啃过泥巴
总想回到出发的上游

诱惑，被滚滚红尘钓起
铁锅无边，水已温
运气好的，翻身后
留下沉沦的痕迹和盐

2019.6.3

重返十四岁

重返十四岁，骑着父亲的永久自行车
穿过静静的风
一张旧照片在笔记本里
占据所有文字的中心

钢笔是刚刚授予的闪亮勋章
星光一样，靠近少年的瘦削胸膛
初夏，朝阳还是那么依依，两个人的
合影里，初涉尘世的云老师就是云朵

霞光映照少年的脸庞，第一次
和白云肩并肩，侧过身子
不羁少年第一次将衣服上的补丁遮挡
青春的风，再一次将记忆的补丁撩起

2019.6.4

颤音

战栗离开手指，蝴蝶没有停歇
余音鳞粉般栖息在琴弦上
抚琴的人走后
琴上还枕着呓语

无形，远非虚无的存在
六弦琴不在怀里，胸腔依然振动
一切苍白，都可以复活
耳朵，即是知音

风吹落尘世一缕缕牵挂
大地颤动，影子空旷无声

2019.6.6

第五辑

席卷七月的味蕾

T恤衫

卷起多余的部分，习惯隐藏于
河流，卷起看不见的风

穿在大地身上，水纹
线条修饰荒凉的肤色

原野生长稔熟的庄稼
花草不知名姓

走到哪里，月亮
都渴望清亮的河水

捉襟见肘的日子远去
夏日漫长

2019.6.11

浮云

发际线以上，手指掩饰冷风
巅峰的太阳，还有一个名字
落日。镀金
也是在装帧泛黄的照片
吸引力下降，记忆宣泄
滂沱的雨水，密度上升
一切事物浮出水面
开始练习悬浮，平衡术
背面岩石失重，失宠
浮游生物，跌宕在人间
失误，不间断
黑发如瀑的夜晚逝去

2019.6.16

困在瓶中的矿泉水

透过一滴落寞
打量这个苍白的世界，如封似闭
代替时间的防腐剂，存在
充斥着工业制造

“百岁”注册山名，商标
无法，拓展时间和空间
大荒。搬运的泪泉汩汩……
粉黛草荼蘼一世，剩下饥渴

如瓶，困死在口舌中
或者打开生门，重返地下

2019.6.17

理发店

心情荒芜的时候，就去救赎
去障，恢复被云层遮挡的面目

空中，月亮饱满，诱惑的果实
时隐。时现，割草机在埋头找茬

关闭是非的门，只剩下静坐
守恒。加法之后，需要做减法

高贵和卑微，在平面镜中一样清晰
不同的声音遵循头顶的星空

2019.6.26

自己也是一味药

将序曲埋藏在地下
久了，爆发出花朵的呐喊
草本低调，从泥土中抬起头
高亢的阳光抵挡喧嚣，在枝头寻找

自己也是一味药，蕴含从前的浓郁
沉默，少年终于开口
属于治愈系，可以医治别人
无法缝合自己的伤口

2019.7.3

快递

从乡村投递到城市，旧物件
被揽货，成为包裹的一部分
亦舟。亦车
第一站、第二站……
在时光驿站门前，童叟无欺

说好的假一罚十，用真实
裁去荒芜的码头和站台
分别的人，远离长亭短亭
验货时发现，小哥亲手打包的激动
签收的是唏嘘和陌生

2019.7.4

当涂博物馆

用一座大房子填补空白
当涂，就涂，折叠秦时的地平线
沿着虚线作图，宣纸。翕砚
将地下的宫殿延伸到地面之上
除了青瓷、青铜、漆木器
藏品还有守拙的心灵图谱
木窗棂，牵引着陈旧、逝去的藤蔓
我看见一株枯木长满花骨朵儿

2019.7.7

在太白墓前

世间的争论还在继续
谈到衣冠冢，真身归宿
经年的酒已饮干，仰望屋脊上
方天画戟依旧指天
闪电，呼啸唤来雷声，盖棺
没有定论，浮生难敌酩酊
白云外天门搁浅，远山似儒生打扮
一名青衫客落在人群里异常孤单

2019.7.7

蜡人像

浮躁的缩影在放大
铜披上黄金外衣，热情是冷却的
笑容，让鲜活的容器失去血色
每个人都拥有一座自己的蜡像
沉默，排列，重组，喑哑速写阳光
风，虚掩空荡荡的门
在光圈尽头，匆匆锁定脚步，加固
天空，多云飘忽的模样
泪泉干涸之后，惊恐

反复塑造内心的
无常，因为不敢
与自己相认，还是害怕真相

2019.7.7

夏夜星空

纳凉的风，翻开曾祖父的
故事，口耳相传
刀会，寿宴，土匪……

聋子叔没说完
就走了。我们怎么呼喊
他都听不见

夏夜满天萤火虫降落
成为会说话的石头，启蒙的
灯，一直在为传说寻找影子

星空。彼岸，不见的亲人端坐上方

眼神璀璨，默默

俯瞰人间的炎凉

2019.7.10

给心灵放个假

听，知了在治疗耳朵
树木的幻听来自根部

啄木鸟无法望闻问切
病灶，是一种恍惚的热烈

给心灵松绑是假期的主题
在七月，大地不想八月的事物和风

耳朵得到根治，眼前
湖水澄澈，来自心底的月光

2019.7.11

在绿皮火车上

出发前，常常将自己纳入行囊
如同塞拉门关闭，列车员
把我摁进铺位

不算封闭，灯火提醒车窗外
城市节奏，在夜色里减缓
22 点之后，语言就是熄灭的灯

知足吧，我在下铺
合上眼睛，入睡，枕木，
继续我后半夜的喑哑

2019.7.16

张学良公馆

窗外的杏树伸向三楼
陈设还是当年模样，机要室

电台上的灰尘同样落满，密码本
会议室还在缄默，旧式木窗两扇

有合。有分，谈判成功又破裂
果实还是像当年一样酸

2019.7.17

秦兵马俑

地下版图难以描述
山川辽阔，人物高大近似夸张
掩饰不住，干脆出土
关中大汉的秉性，单眼皮
血统纯正，国字形脸庞轮廓清晰

罗列过往的完整，车马
青铜色开道，黏性陶土塑形
或蹲。或立。目力所及之处
前方，钢铁搭棚，未经风雨浸染
尘封的彩釉禁不起挖掘

与另一个自己保持高度相似
事业线、爱情线，埋藏于手掌中
腹地多平原，利于抽穗的植物
生活配方：黄土、淘米水、水果汁

黄土之上，连同黄土

那么多年过去，油锅翻炒过的
日子，不见一寸绿色
在等待一隅，掩藏心底的
兵锋。补天后人抬起手
修复历史的伤痕

2019.7.18

兵谏亭

中年之后，仍有无法说服自己的
理由，对外和对内的态度难以统一
不得已而为之，手指
扣响扳机状，与陈旧的自我告一段落

拼命向后山逃亡，存亡之间
胸中闪电，快于枪声
和解是以后的事，此刻
狼狈不可避免

2019.7.19

华清池

骊山烟云缥缈
温泉水，流淌的夏日

长生殿外鸣叫知晓炎凉
高贵、卑贱自在人心

形而上，不染尘
索道飞渡人间，男女多祈祷

长恨，充耳不闻
更多的人，在低处

溪水潺潺，古韵，新词
放松气息，自弹自唱《清平调》

2019.7.20

雷阵雨，属于怀揣避雷针的人

远山，属于峰顶那棵最翠绿的
树，落叶季节仍青丝如黛
自然，藏着秘密

落雨季，树下避雨是误会
闪电，总会被大地上高耸的部分捕捉
某些想法，牵引到底层之下

雨水将要浇铸空中铁画
浇铸，有没有声响，都得藏起耳朵
眼睛，指缝间露出胆怯

面临的一切披挂雨帘，雷声
逃亡的心，避无可避
雷阵雨，属于怀揣避雷针的人

2019.7.23

南京长江大桥

洪流中奠基，落成于前天待兴的中国
“一桥飞架南北”伟人说
生逢其时，我出生那年正赶上你替代轮渡
货车、客车从此南来北往，连同你
迈进邮票、纪念币、画卷、课本
人民的口音……
我在田字格里方方正正写下你的名字
——南京长江大桥

就在昨天，你的胳膊和腰脚
刚刚全面升级保养
本以为这是时代的篇章，阅江楼知道
完美的结局

今天才发现，你只是作为引桥存在
三面红旗、排头兵、时代的序曲……

一部激荡国人心灵的励志小说，引子

“桥头堡”赋予汉语更丰富的内涵

二桥

震撼，在现代大型拨弦乐器
面前，亚热带季风的手指拨弄一架竖琴
没有“铜雀春深”，姊妹花自由绽放
颠覆我儿时美术课上的作业
“水上板凳”还可以这样呈现

琴弦，紧绷，彰显力与美的统一
你去八卦洲觅知音，领取
詹天佑土木工程奖
登上 12 米观景台，你雄姿英发
长江浩渺，船只尽收眼底

城内成网，人流如织
网不尽烟水金陵
城外成环，拉动石头城东北部经济命脉

一把闪亮的钥匙打开通往苏北的门户

倾听澎湃的心跳和大海的潮声

三桥

视觉打开，前面不仅有远方
还有天空，千寻高塔指向头顶的星空
H 形天梯是南京人凌云的仰望
从绿水湾至大胜关，钢铁侠临江远眺
伸展弧线形臂膀，斜拉岁月之舟

智慧和汗水
在江面滔滔奔流，弄潮儿
顶天。立地，双臂力挽狂澜
深谙诗歌的“三美”，岂止建筑美
刘村、天后村
高旺、张店
互通跨越的跫音和福音

四桥

车过四桥，可以在同类中找到孪生兄弟——
“金门大桥”，吊虎胆，悬日月
三步跨越，从李春手中抢过
公路最高奖。“不是猛龙不过江”
拓展城市空间，龙袍、栖霞
仙林大学城一片欢腾
…………

桥上，桥下云帆高挂，身体好似楼船
激情启航，江鸥展翅化作水面上永恒的
造型，掠过江左的云朵
蓝天之下，鱼米之乡的
版图更加辽阔，江水汹涌
印象派大师笔下的天空，云朵
船只、动车，后现代主义的“清明上河图”

桥的意象在不断生成、叠加

一生二，二生三……

四通。八达，四把钥匙熠熠生辉

蓝色的梦想在召唤，从这里出发

驶向乡村、城市、空港，贯通高速前进的

生活圈，命脉，天际线连接海岸线

雨后，现实和史诗，两条长虹饮涧

彩虹之上车来车往

彩虹之下奔流不息

2019.7.24

花开半夏

走着走着，花就开了
隔着格桑花，手搭凉棚
再次打量那个如火如荼的山峦
白光里，看不见
尾声。连同寺庙修葺一新

走着走着，人就散了，绿皮火车
再慢也有到站的时候，花语
就藏在你的名字里，连同
携手揽过的半山腰，肩并肩
只在红灯里驻足
绿灯亮起，我们擦肩而过

2019.7.31

石雕：拴马桩

拴住一颗奔腾的心，需要多少根马桩
记忆的纹路需要多少块顽石

精雕，细刻一起策马扬鞭的路
长发如华表，岂是一个人的仰视

缰绳、衣饰在耳鸣中苏醒
嘚嘚嘚，马蹄声那么逼真

刻刀无法割舍，曾经
风声呼啸，还拴在耳边

半截话茬儿埋入地下
对于停留，拴马再次沦为借口

2019.8.2

老戏台

成为主角之前，光环
必须披上龙套
烈日，明晃晃的眼光曝晒小丑
夸张的面孔和笑容

一生都在为出将，入相
唱，念，坐，打
踮起脚尖，高挑花腔
夹着雨伞似曾相识

就是听不出唱的哪一出
台上，台下
面对时光照相馆
小生，不是戏外人

2019.8.3

编钟说

考证的语言称呼我文物
而我更愿意出土为信物

青铜头盔说过的话语，都会铭记
守候者埋首在低音区，字如其人

清脆的声音等待耳朵去发掘，尘世
每次打击都是一场奏鸣曲

痛感，其实就是乐感
如同铭文走向拓片，身披绿锈

心，不约而同贴近
你伸出左手，我伸出右手

2019.8.7（七夕）

古筝说

不要误会，我不是古琴
没有马匹，我拉着多余的缰绳
明亮而悠长，睫毛闪动
金丝楠木的叶子落尽

年轮又多了一圈
日晕，月晕，或是年华
曲风在眩晕中旋转，看不清盛夏的
星星，手指扶摇高山，流水和鸣

终了。檀香脉脉堆积一段
灰烬
几案上两盏茶低语，暗示
下一曲会有人倾听

六弦琴说

在同一海拔，触摸到额头的颤音
舶来品少一根弦，红松，白松
异域风情，区别于相邻的船弦
悬挂不同的音色，休止符片刻停顿

食指和中指捏着一片旧日的风
锋利的拨片，刻下金属的
重量，那些事物的纹理清空后
吃水线还在，回忆

险些倾覆
分明是怀抱心底的
石头，与暗礁共振
你硬说是 7 号台风

2019.8.8

明月山中行

一生都在接近明月，儿啼
于后半夜上山
一炷香，荆棘挂念我
冰轮朗照，沾满污垢的肉身
沐浴温泉水，青山与我一洗疲惫

脚下生风，得意时
腋下生翅
林间穿梭的风呼唤松涛，竹海
躲避后方响箭，头悬明镜
剥离前行迷雾，沿途勿忘
采撷玫瑰和满天星
躬身来到山腰，已是午后时分

回首来时路，一次次借栈道，化险为夷
平步。青云

手捧明月之前，遥望点点佛光
此生的余晖与一条通往山下的路重合

青云栈道

于壁垒而言，修缮之道
建立，就是开凿

叮叮，当当并不是一路欢歌，向阳而生
树木迂回，来自螺旋上升的
凌霄花，藤蔓交织
耳目清明时，时常置身云海
脚下世界摇晃，深渊仰望险峰

在青云栈道，我嗅到攀岩的木叶清香
青天，将一枚圣洁的明月产在崖顶的巢穴中

2019.8.15

席卷七月的味蕾

青春期过后，逆反心理持续
就像眼见流火的时节

渴念，门前冰冻的河流
零下几度才算，适度

空调，站立成外婆的蒲扇
酸梅汤还保持未拆封的

记忆，楚河。汉界
这一步，就是过不去

有风
席卷七月的味蕾

抚琴的人隐忍在黑暗里

在星空下架设一把巨大的瑶琴
心弦，无限伸展，颤音不易觉察
知音隔着千山万水
抚琴的人隐忍在黑暗里

风车给世界带来源源不断的力量
波纹顺时针旋转
与我同质的导线一路驱赶孤单
形成合力后
小心被外物倾倒
拉力常常来自反方向
一座座高塔呼啸而来

张力平衡风的翅膀，永不停歇
翻阅五线谱的秘密
一架纺车，在地面默默

纺织生活的网
路过，我听到狭窄
干涸的井下传来人声和流水声

2019.8.16

西塘行

不问春与秋，那么多往事
只关心桥洞与水面上的
剪影。凝聚一枚又一枚
纽扣和明月，圆满而明亮

明墙。清瓦，守护归乡的路
手植福音的前人留下虚影，古树
荫庇，后来人
躺在烟雨长廊尽头

东经 120 度，北纬 30 度
古镇为壶，日煮运河水
扁舟作茶，沏一杯，端到嘴边
吴语婉转，越语悠长……

藏地密码

远赴藏地的马匹
一定有一匹与我相似

在大昭寺，一定有一位代缺席者
匍匐在地，磕长头的人

善念，合在掌心
风纯净，密语摩挲双耳

背后，阴谋远遁，雄鹰飞过
阳光普照雪山、寺庙和朝圣的脸庞

2019.8.24

在壶口

伸出大手探向苍穹
拉扯闪电，将银河踩在脚下
与浮云厮杀

饥餐。渴饮
遭遇到真实的倒影

过往刀枪林立，旌旗此起彼伏
我只要半间马厩
一匹脱缰的老马

此刻，马槽里，盛满奔雷
我在壶口，饮马黄河

2019.8.24

回望稻田

这个时节的你，最值得回望
沉思诱惑着低垂的头颅

金匠的手艺传承给风，叮叮作响
为陌上镀金是十月的主张

迎接又一批浪子回归
叛逃的心，还藏在秧苗青青的水田

跪拜的仪式，铭记少年的双膝
回望啊，总是模糊双眼

淡蓝色，消逝在淡蓝色的天际
就像粮油证，遗失在返回稻田的路上

2019.11.10

秋水

风掠过枯水期，湖底
终于见到天日

周围传来干裂的声音
远离鱼群，芦苇站在岸上

潜伏在深处的石头
贝壳，被跫音拾起

白色情绪走过，像一张网弥漫开来
偌大的水域撤退到天空

舔舐大地的嘴唇，心潮涌动
秋水，尚在旷野无边处集结

2019.11.18

记忆的钟摆

老式挂钟的内部设计精巧
每到半点和整点，上方的
小木门就会自动打开，飞出
一只布谷鸟“咕咕”地叫着

我的大脑里面有齿轮装置
每次遇见熟悉的陌生人，上方
看不见的小木门就会自动打开，飞出
一只不知名的鸟，在头顶盘旋

2019.11.23

提灯的人

提着一盏灯
在黑暗中穿行
像一只萤火虫
借露珠的眼睛捕捉白光
在火急火燎的尘世
直面腐草败叶
点燃一根烟
继续前行……

日子久了，提灯的人
成了一盏会飞翔的灯

2020.1.10

水杉和其他

捕捉你的眼睛
在水上，或是陆地
视线，阻挡白色的脚步
修成一尊尊罗汉在树下盘腿
参悟霜天白羽
降临，始终不及等待

天愈冷，乔木掩藏不住火焰
落叶，庞大的想法——
万木赤诚
单衣漂泊的人
在尘世
穿上风的衣裳

2020.1.13

雪霁之前

大地距离天空，越来越近
空气纯净，村庄静穆
祖屋里，大人们围坐在篝火旁
臃肿的旧棉衣外面套着滑雪衫
红彤彤的脸庞代替太阳登场
火堆爆出纯白如雪的米花

我和妹妹捡拾
秋收稻草灰烬中
遗落的惊喜
我们被腊月熏得鼻涕一把
眼泪一把
还没有长大

2020.1.22

模仿

放羊滩，草肥水美
忽长，忽短
我跟随群羊爬行
学习羊叫
咩——咩——咩——引来
一只小羊羔
它猛然抬举前腿
眼前的世界直立起来
赶羊六叔觉得
它多像自幼缺钙的我

童年

海魂衫又在穿越
小树林，穿越遥远的村庄
红五星闪亮大檐儿军帽
蝉蜕闪亮我瞪大的希冀

补丁衣衫脱下浸湿的汗水
夏天挂在充满热情的
树梢，头也不回
走了好长好长的路
我和小军光着膀子穿着裤衩

多少回从村头那棵老树上
爬下来，像合上泛黄的影集
再次仰望
树上摇曳着我们自己的
蝉蜕

雕像师

泥质灰陶，鼻梁、眼窝
塌陷，酷似一位氏族老祖母
无法繁衍生命
双手颤抖，无力
雕刻每天积攒的铁石
遗落在墙边的半成品

雨夜，关上门户
掩住窗外的风雨
黄杨木锤敲骨
眯紧眼睛，含住刻刀的锋芒
把心底的疼痛
一点点
挖出来

2020.4.1

苦瓜

我多次劝母亲别再种植一年生、柔弱
攀缘状苦瓜。别再种植
苦涩。人间的苦涩一浪高过一浪

日子像油腻包裹的胃
苦瓜那张慈悲的脸，替人承担全部的苦难

我曾拒饮苦瓜茶
渐渐地，脑袋里长出一架巨大的绿色纺车
外婆手中的纺锤，和草本藤上
悬垂的苦瓜，十分相似

我离开了那片种植苦瓜的菜园
曾经青涩、布满青春痘的脸

偶尔，端起苦瓜茶

一饮而尽。替外婆，替母亲，替自己

2020.7.6

等一场雪

灯光，像一张白纸铺展在书桌上
静坐的身影又温暖一度
揭下蒙在日子上的红盖头
遥望，北窗外
天空越发拥挤
那些星云一样的事物，一团团
和着冷风中漫天的白瓷光
纷纷。扬扬
争着落在我的纸上
一切有序或无常，在路上
在我想拿起一支黑色水笔之前

2021.1.2

屋檐下的冰凌花

悬挂是一种状态
在人间，沉思也是
无风的冬天
尖锐的触角依然无法抵御寒冷
伸向八岁那年的长竹竿
可以触碰到祖屋的屋檐
冰凌花凋零之前
我踮起脚仰望
像第一次发现院子里一株老树上搭建的鸟窝
竟然不止一个
只要我愿意，尘世间
冰冷尖锐的事物也可以命名为一朵花

2021.2.5

飞鸟和新酒

作为容器，一辈子饮下的酒是定量的
苦涩、甜蜜。那些曾经路过的
天空，还在
枝头。一只飞鸟
闯进我的视线
新酿的米酒在苦闷中死去
面对空酒杯和硕大的鸟巢
风，是一场巨大的叹息

2021.3.10

试一试翅膀

在相当长的一段时间里，我
以为自己也有一双白色的翅膀

那个夏日的午后，我顶着一块白色塑料布
雨水像一把梳子，梳理我们的羽毛
我赶着一群白鹅，或者说一群白鹅在教我放飞
展开翅膀，迎着风雨
我们的脚下同时迸溅起一串串欢笑
一只最小的白鹅跌倒，再也没有爬起来
没有告诉任何人，像每一次独自放飞
我把它埋葬在向阳的坡上，为了铭记这个位置
栽一棵小松树在小小的坟茔

当我拿起记忆的梳子，一次次梳理我的羽毛
白鹅越飞越远，我的身体却越来越沉

白色的翅膀早已收敛起那个落雨的夏日

我从风雨里走进诗行，想着试一试翅膀

2021.5.5

兰友

像极了一位哲学家
或者本身就是研究形而上的学者
从不直接给予兰花养料
开渠、挖沟
在看似简单的事物面前学会迂回

渐渐长大，尝试失误之后
无限接近栽培之道
思想有别于传统，块茎或气生根也是一种虚实相生
打开心扉，捧出碎石，裸露个性，或者掩藏倔强

她说，世界是对称的
时光是一面镜子
日子久了，兰花和她拥有同一张脸庞

心灵的湖泊可以投射倒影

秉性也可以相互浸染
在兰花和她面前
我也学会了轻声说话

2022.7.31

情人坞

情人坞，专属于情人的
小型防御堡垒

小型，只容得下两个人的一条心
像眼睛，容不得一粒沙子
坐落在恋人心头的尖山
高高的山峰
高高的发射塔
全天候，发射爱的微波

堡垒，也是樊篱
只有掌握唯一密码
才能破译情语，自由进出

情人坞，拥有主权不易
且行，且珍惜

走进堡垒一样的船场

合力打造一只小舟，一同扬帆远航

愿天下有情人，终成坞主

爱情隧道

和你心爱的人，来爱情隧道吧
不要邀请别人
两个人，就是一个世界

爱的道路早已铺设好
一段铁轨向前方延伸

枕木不长，和同床共枕的枕头相仿
正好容纳两个人并肩同行

一棵老槐荫树为媒
两旁绿树喜结连理
藤蔓是爱的项链
成荫、连廊，隧道拱手迎接爱情

情路高低不平

高一段，低一段
深一程，浅一程

情路绵长，没有尽头
就这样相互扶持走下去
像藤蔓缠绕绿树，此生
永不分离

铁轨斑斑锈迹，从纸婚、木婚、铁婚
铜婚、银婚、金婚到钻石婚……
见证天荒地老

槐花开口了，一片洁白
槐风轻柔，指引花瓣雨撒落
落在相爱的两个人头发上

不要拂去天地的美意
让他们的头发
一直甜蜜地白着，白着

雨后

池塘里的水满了
干活儿的人陆续从田间地头回来
雨后，村庄里住满乡亲

三外公三两酒能把一斤酒量的汉子喝倒
话匣子打开我们都竖起耳朵倾听
刘兰芳评书里正讲到以巧破千斤

曾祖母踮着小脚捡拾鹅毛
祖父那时身体正好
三爷还是生产队长
二叔三叔刚从工地回来
一大家子十三口团团围坐瓦屋里

我和妹妹以院里的石条为桌，石鼓为凳
小小的我，一顿能吃下两大碗白米饭

那年雨后，天气有些微凉，村庄显得格外拥挤
我们的心比现在温暖辽阔

2022.7.31

凌晨两点五十分的火车

来不及挥手
道别，话语因笨拙在语境中长期滞留
一张嘴难以说服双脚
凌晨两点五十分有什么不同
绿皮火车已经降临站台
夜色用我填补孤单空白的部分

我像一只拉杆箱
自己有脚，却被远方拉着
不停向前
天空布满星星的无奈
就像有时候开幕式安排在最后一天
所有压后的议程必须提前

我也无法压后
隧道洞穿我的羸弱和矫情

黎明在挣扎中再次醒来

长沙和我都是过客

航班和更远的远方在等我

2022.8.1

海南的蝴蝶和东北的蝴蝶

一只蝴蝶扇动翅膀
必定有一只在远方呼应

海南的椰子树、沙滩和阳光
东北的凤凰山、燕山湖以及笑声
在某一个午后相遇

纵使隔着千里万里
轮船、动车和飞机奔波不停
在桃花源面前一切都不再是借口

坐在一起说话、吹风、看天
有云彩从异乡飘过

两个性格迥异的人
抬头看相同的一朵

2022.8.2

柳叶湖穿过我的余生

柳树在岸上行走
速度与湖中人保持高度一致

小船是驮着我们前行的车马
意外总是在不经意间让直行的人改道

水路不通就走陆路
绕行无疑为旅途增添几处风和景

方言在石头上晒太阳
一生期期艾艾的人，无法直奔主题

怀揣一枚柳叶
在夜晚的唇边
你我不疾不徐，吹奏余生

2022.8.3 晨

在马鞍山怀旧美食城

立在九十年代门槛
时间尚早
幸福路集贸市场的大门还没开
隔壁的粮油店旁幸福树已经长得很高
仿佛按下返回键
1993 年的联欢会场舞台灯光依旧

前行的步伐，追赶时针和秒针
毛线店窗前悬挂的彩虹，还没来得及收走
老街公告栏字迹犹新
儿时骑过的小车落在墙角

永恒的事物见证美好
老式自行车永久停靠在小红理发店木窗前
卧室不大，容纳两颗心足矣
白娘子和许仙。小龙女和杨过

两个相爱的人从贴画里走出，紧紧相依

手机铃声打破公用电话的沉默
还是那个味道，占据新鲜的味蕾
怀旧的人多起来
服饰、新潮发型和他们的笑声
暴露了整个时代的秘密

2022.8.13